金子みすゞ詩集

みすゞさんぽ

［詩］金子みすゞ　［人形］三瓶季恵

装　幀　後藤　勉
写真撮影　武田礼三

金子みすゞさんの詩と出会ったとき、すべてのものを幸せな気持ちにさせてくれるような、とても大きな世界を感じました。

それは、小さな虫や小鳥や名もない草花のささやきを感じることのできる、みすゞさんのやさしいまなざしが大きな無限の広がりにつながっているのだと思います。

さあ、日々のほんの小さな幸せやあたたかい「何か」を探す小さな旅〝みすゞさんぽ〟にあなたも出かけてみませんか？

春の朝

雀がなくな、
いい日和だな、
うっとり、うっとり
ねむいな。

上の瞼《まぶた》はあこうか、
下の瞼はまァだよ、
うっとり、うっとり
ねむいな。

早春

飛んで来た
毬《まり》が、
あとから子供。

浮《う》いている
凧《たこ》が、
海から汽笛《きてき》。

飛んで来た
春が、
きょうの空　青さ。

浮いている
こころ、
遠い月　白さ。

野焼とわらび

お山のお山のわらびの子、
とろりとろりと夢みてた。

赤い翼の大鳥の、
お空を翔《か》ける夢みてた。

お山のお山のわらびの子、
夢からさめて伸びしてた。

かわいいこぶし、ちょいと出して、
春のあけがた、伸びしてた。

蜂と神さま

蜂はお花のなかに、
お花はお庭のなかに、
お庭は土塀《どべい》のなかに、
土塀は町のなかに、
町は日本のなかに、
日本は世界のなかに、
世界は神さまのなかに。

そうして、そうして、神さまは、
小ちゃな蜂のなかに。

薔薇《ばら》の根

はじめて咲いた薔薇は
紅《あか》い大きな薔薇だ。
土のなかで根が思う
「うれしいな、
うれしいな。」

二年めにゃ、三つ、
紅い大きな薔薇だ。
　土のなかで根がおもう
「また咲いた、
　また咲いた。」

三年めにゃ、七つ、
紅い大きな薔薇だ。
　土のなかで根がおもう
「はじめのは
　なぜ咲かぬ。」

土

コッつん　コッつん
打《ぶ》たれる土は
よい畠《はたけ》になって
よい麦生むよ。

朝から晩まで
踏《ふ》まれる土は
よい路《みち》になって
車を通すよ。

打たれぬ土は
踏まれぬ土は
要《い》らない土か。

いえいえそれは
名のない草の
お宿をするよ。

草の名

人の知ってる草の名は、
私はちっとも知らないの。
人の知らない草の名を、
私はいくつも知ってるの。

それは私がつけたのよ、
好きな草には好きな名を。

人の知ってる草の名も、
どうせ誰かがつけたのよ。

ほんとの名まえを知ってるは、
空のお日さまばかりなの。

だから私はよんでるの、
私ばかりでよんでるの。

御殿の桜

御殿の庭の八重ざくら、
花が咲かなくなりました。
御殿のわかい殿さまは、
町へおふれを出しました。

青葉ばかりの木の下で、
剣術《けんじゅつ》つかいがいいました。
「咲かなきゃ切ってしまうぞ。」と。

町の踊り子はいいました。

「私の踊りみせたなら、
笑ってすぐに咲きましょう。」
手品《てづま》つかいはいいました。
「牡丹《ぼたん》、芍薬《しゃくやく》、芥子《けし》の花、
みんな此《こ》の枝へ咲かせましょ。」

そこで桜がいいました。
「私の春は去《い》にました、
みんな忘れたそのころに、
私の春がまた来ます。
そのときこそは、咲きましょう、
わたしの花に咲きましょう。」

鯨法会《くじらほうえ》

鯨法会は春のくれ、
海に飛魚《とびうお》採《と》れるころ。

浜のお寺で鳴る鐘が、
ゆれて水面《みのも》をわたるとき、

村の漁夫《りょうし》が羽織《はおり》着て、
浜のお寺へいそぐとき、

沖で鯨の子がひとり、
その鳴る鐘をききながら、

死んだ父さま、母さまを、
こいし、こいしと泣いてます。

海のおもてを、鐘の音は、
海のどこまで、ひびくやら。

王子山

公園になるので植えられた、
桜はみんな枯れたけど、
伐《き》られた雑木《ぞうき》の切株にゃ、
みんな芽が出た、　芽が伸びた。

木の間《こま》に光る銀の海、
わたしの町はそのなかに、
竜宮《りゅうぐう》みたいに浮んでる。

銀の瓦《かわら》と石垣と、
夢のようにも、霞《かす》んでる。

王子山《おうじやま》から町見れば、
わたしは町が好きになる。

干鰮《ほしか》のにおいもここへは来ない、
わかい芽立《めだ》ちの香がするばかり。

雨のあと

日かげの葉っぱは
泣きむしだ、
ほろりほろりと
泣いている。

日向《ひなた》の葉っぱは
笑い出す、
なみだの痕《あと》が
もう乾《かわ》く。

日かげの葉っぱの
泣きむしに、
たれか、ハンカチ
貸してやれ。

蟬《せみ》のおべべ

母さま、
裏の木のかげに、
蟬のおべべが
ありました。

蟬も暑くて
脱《ぬ》いだのよ、
脱いで、忘れて
行ったのよ。

晩になったら
さむかろに、
どこへ届《とど》けて
やりましょか。

朝顔の蔓

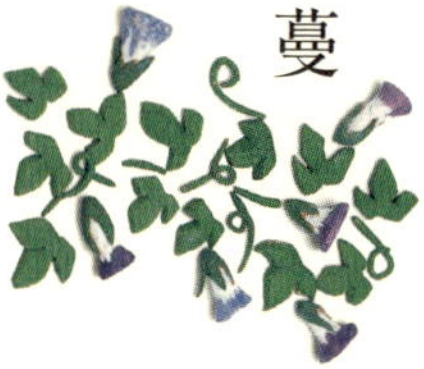

垣がひくうて
朝顔は、
どこへすがろと
さがしてる。

西もひがしも
みんなみて、

さがしあぐねて
かんがえる。

それでも
お日さまこいしゅうて
きょうも一寸《いっすん》
また伸びる。

伸びろ、朝顔、
まっすぐに、
納屋のひさしが
もう近い。

海とかもめ

海は青いとおもってた、
かもめは白いと思ってた。

だのに、今見る、この海も、
かもめの翅《はね》も、ねずみ色。

みな知ってるとおもってた。
だけどもそれはうそでした。

空は青いと知ってます。
雪は白いと知ってます。

みんな見てます、知ってます、
けれどもそれもうそかしら。

水と影

お空のかげは、
水のなかにいっぱい。

お空のふちに、
木立《こだち》もうつる、
野茨《のばら》もうつる。

水はすなお、
なんの影も映《うつ》す。

水のかげは、
木立のしげみにちらちら。

明るい影よ、
すずしい影よ、
ゆれてる影よ。

水はつつましい、
自分の影は小さい。

まつりの頃

山車《くるま》の小屋が建《た》ちました、
浜にも、氷屋できました。

お背戸《せど》の桃があかくなり、
蓮田《はすだ》の蛙《かえろ》もうれしそう。

試験もきのうですみました、
うすいリボンも購《か》いました。

もうお祭がくるばかり、
もうお祭がくるばかり。

夏の宵

暮れても明るい
空のいろ、
星のハモニカ
吹いている。

暮れても街《まち》には
立つ埃《ほこり》、
空馬車からから
踊ってる。

暮れても明るい
土のいろ、
線香花火が
もえ尽《つ》きて。
あかい火だまが
ほろと散る。

大漁
たいりょう

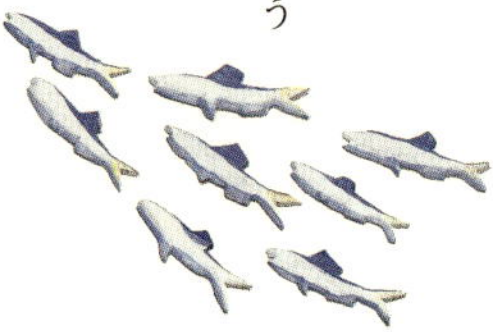

朝焼小焼だ
大漁だ
大羽鰮《おおばいわし》の
大漁だ。

浜は祭りの
ようだけど
海のなかでは
何万の
鰮《いわし》のとむらい
するだろう。

井戸ばたで

お母さまは、お洗濯、
たらいの中をみていたら、
しゃぼんの泡《あわ》にたくさんの、
ちいさなお空が光ってて、
ちいさな私がのぞいてる。

こんなに小さくなれるのよ、
こんなにたくさんになれるのよ、
私は魔法つかいなの。

何かいいことして遊《あす》ぼ、
つるべの縄《なわ》に蜂《はち》がいる、
私も蜂になってあすぼ。

ふっと、見えなくなったって、
母さま、心配しないでね、
ここの、この空飛ぶだけよ。

こんなに青い、青ぞらが、
わたしの翅《はね》に触《さわ》るのは、
どんなに、どんなに、いい気持。

つかれりゃ、そこの石竹《せきちく》の、
花にとまって蜜《みつ》吸って、
花のおはなしきいてるの。

ちいさい蜂にならなけりゃ、
とても聞えぬおはなしを、
日暮まででも、きいてるの。

なんだか蜂になったよう、
なんだかお空を飛んだよう、
とても嬉しくなりました。

燕の母さん

ついと出ちゃ
くるっとまわって
すぐもどる。

つういと
すこうし行っちゃ
また戻る。

つういつうい、
横町《よこちょ》へ行って
またもどる。

出てみても、
出てみても、
気にかかる。

おるすの
赤ちゃん
気にかかる。

雀のかあさん

子供が
子雀
つかまえた。

その子の
かあさん
笑ってた。

雀の
かあさん
それみてた。

お屋根で
鳴かずに
それ見てた。

女の子

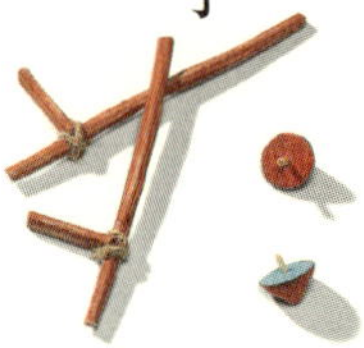

女の子って
ものは、
木のぼりしない
ものなのよ。

竹馬乗ったら
おてんばで、
打《ぶ》ち独楽《ごま》するのは
お馬鹿なの。

私はこいだけ
知ってるの、
だって一ぺんずつ
叱られたから。

鬼味噌《おにみそ》

鬼味噌、泣き味噌
内べんけい、
表へ出るたび
泣いてもどる。

鬼味噌、泣き味噌、
おかしいな、
うちでは妹《いもと》を
いじめてる。

鬼味噌、泣き味噌、
誰《たれ》があそぶ、
鬼と、みそっちょと
二人あそぶ。

石ころ

きのうは子供を
ころばせて
きょうはお馬を
つまずかす。
あしたは誰《たれ》が
とおるやら。

田舎《いなか》のみちの
石ころは
赤い夕日に
けろりかん。

明るい方へ

明るい方へ
明るい方へ。

一つの葉でも
陽《ひ》の洩《も》るとこへ。

藪《やぶ》かげの草は。

明るい方へ
明るい方へ。

翅《はね》は焦《こ》げよと
灯《ひ》のあるとこへ。
夜飛ぶ虫は。

明るい方へ
明るい方へ。

一分もひろく
日の射《さ》すとこへ。
都会《まち》に住む子等《こら》は。

空の色

海は、海は、なぜ青い。
それはお空が映《うつ》るから。
空のくもっているときは
海もくもってみえるもの。
夕焼、夕焼、なぜあかい。
それは夕日があかいから。
だけどお昼のお日さまは、
青かないのに、なぜ青い。
空は、空は、なぜ青い。

落葉

お背戸《せど》にゃ落葉がいっぱいだ、
たあれも知らないそのうちに、
こっそり掃《は》いておきましょか。

ひとりでしようと思ったら、
ひとりで嬉しくなって来た。

さらりと一《ひと》掃《は》き掃いたとき、
表に楽隊やって来た。

あとで、あとでと駈《か》け出して、
通りの角までついてった。

そして、帰ってみた時にゃ、
誰か、きれいに掃いていた、
落葉、のこらずすてていた。

達磨《だるま》おくり

白勝った、
白勝った。
揃って手をあげ
「ばんざあい」
赤組の方見て
「ばんざあい」

だまってる
赤組よ、
秋のお昼の
日の光り、
土によごれて、ころがって、
赤いだるまが照られてる。

も一つと
先生が云うので
「ばんざあい。」
すこし小声《こごえ》になりました。

栗

栗、栗、
いつ落ちる。
ひとつほしいが、
もぎたいが、

落ちないうちに
もがれたら、
栗の親木は
怒るだろ。

栗、栗、
落ちとくれ。
おとなしいよ、
待ってるよ。

ねがい

夜が更《ふ》けるなあ、
ねむたいなあ。

いいや、いいや、ねてしまおう。
夜の夜《よ》なかに、この部屋へ、
赤い帽子《しゃっぽ》でひょいと出て、
こっそり算術やっておく、
悧巧《りこう》な小びとが一人やそこら、
きっとどこぞにいるだろよ。

雪

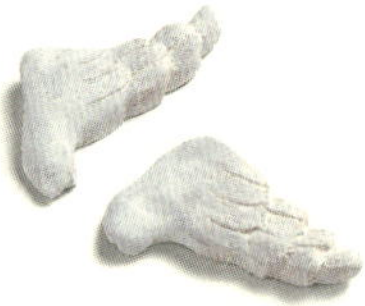

誰も知らない野の果《はて》で
青い小鳥が死にました
　さむいさむいくれ方に

そのなきがらを埋《う》めよとて
お空は雪を撒《ま》きました
　ふかくふかく音もなく

人は知らねど人里の
家もおともにたちました
　しろいしろい被衣《かつぎ》着《き》て

やがてほのぼのあくる朝
空はみごとに晴れました
　あおくあおくうつくしく

小《ち》さいきれいなたましいの
神さまのお国へゆくみちを
　ひろくひろくあけようと

私と小鳥と鈴と

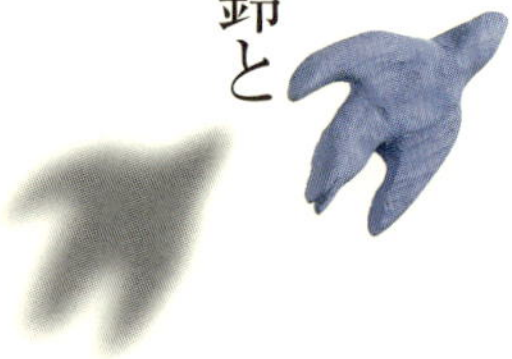

私が両手をひろげても、
お空はちっとも飛べないが、
飛べる小鳥は私のように、
地面《じべた》を速《はや》くは走れない。

私がからだをゆすっても、
きれいな音は出ないけど、
あの鳴る鈴は私のように
たくさんな唄は知らないよ。

鈴と、小鳥と、それから私、
みんなちがって、みんないい。

かるた

お炬燵《こた》の上に、
お蜜柑《みかん》積んで、
お祖母様《ばあさま》、眼鏡《めがね》、
キラ、キラ、キラ、キラリよ。

畳のうえにゃ、
かるたが散って、
ちいちゃいお頭《つむ》、
ひい、ふう、みいつよ。

硝子《ガラス》のそとは、
しずかな暗夜、
ときどき霰《あられ》が、
パラ、パラ、パラリよ。

淡雪

雪がふる、
雪がふる。

落ちては消えて
どろどろな、
ぬかるみになりに
雪がふる。

兄から、姉から、
おととにいもと、
あとから、あとから
雪がふる。

おもしろそうに
舞いながら、
ぬかるみになりに
雪がふる。

みんなを好きに

私は好きになりたいな、
何でもかんでもみいいんな。
葱《ねぎ》も、トマトも、おさかなも、
残らず好きになりたいな。

うちのおかずは、みいんな、
母さまがおつくりなったもの。

私は好きになりたいな、
誰でもかれでもみいんな。

お医者さんでも、烏《からす》でも、
残らず好きになりたいな。

世界のものはみィんな、
神さまがおつくりになったもの。

あとがき

〝みすゞさんぽ〟いかがでしたか?
私はみすゞさんのキラキラと輝いた素敵な言葉にポーッと感動したり、拍手したり、またやさしさにハッと気づかされたり、反省したり、元気になったりと本当に素敵な〝みすゞさんぽ〟ができました。そして少しやさしくなれたかな…?

雨のあと

日かげの葉っぱは
泣きむしだ、
ほろりほろりと
泣いている。

日向《ひなた》の葉っぱは

笑い出す、
なみだの痕が
もう乾《かわ》く。

日かげの葉っぱの
泣きむしに、
たれか、ハンカチ
貸してやれ。

さて、洗たくしたお気に入りのチェックのハンカチはもう乾いているかしら？　明日のおさんぽでどこかで泣いているかもしれない誰かさんにスッと差し出せるように、いつもより丁寧にアイロンをかけることにいたします。
それではどうぞみなさんもみなさんの素敵なおさんぽを…。

人形作家　三瓶季恵

金子みすゞ

本名金子テル　明治三十六年（1903）、山口県仙崎村（現　長門市）に生まれる。二十歳の頃から「金子みすゞ」のペンネームで雑誌「童話」「赤い鳥」などに投稿を始め、西條八十に高い評価を受ける。二十三歳で結婚、一女をもうけるが昭和五年（1930）二十六歳で命を絶つ。死後五十年以上経て、埋もれていた遺稿が発見され、全集等が出版されみすゞブームがおこる。地元長門市に建つ「金子みすゞ記念館」には訪れる人が多く、高い人気を保つ童謡詩人である。その詩は、見えないもの、小さなものへの無垢なまなざし、心のありかたを表現し、現代人の忘れてしまったものを呼びおこしてくれる。

金子みすゞ詩集

みすゞさんぽ

発行　平成十八年五月二十五日　初版発行
平成二十四年一月三十日　四刷発行
著者　金子みすゞ［詩］
三瓶季恵［人形］
発行者　和田佐知子
発行所　株式会社　春陽堂書店
東京都中央区日本橋3-4-16
電話03（3815）1666
印刷・製本　株式会社　加藤文明社
本書は『新装版　金子みすゞ全集』（JULA出版局刊）を底本といたしました。新字、現代かなづかいに改めました。ルビは特殊な読みや難読・誤読のおそれのある語にのみつけました。原則として最初に登場する語にのみつけました。
ISBN4-394-90239-8　C0092